文｜王文華

畢業於東大兒文所，目前任教於南投育樂國小。住在一個靠近日月潭邊的小鎮，平時的王文華很忙，忙著讓腦袋瓜裡的故事飛出來，忙著管他那班淘氣的學生。王文華很喜歡跑到麥當勞看小朋友幸福的吃東西、玩遊戲，那時他特別有靈感，可以寫出很多特別的故事。

圖｜張真輔

自由繪本創作者、單車旅行愛好者，現居雲林縣土庫鎮。他喜歡騎單車旅遊，曾到訪數個國家，透過畫筆說故事，也用圖畫交朋友。2008 年成為雲林故事館駐館藝術家，透過故事和畫筆，走讀雲林各社區小學。未來希望用單車環遊世界，也走讀臺灣每個鄉鎮，透過旅行與畫畫讓生命變得精彩。

國家圖書館出版品預行編目 (CIP) 資料

蹦奇蹦奇,跑得快/王文華文;張真輔圖. -- 第一版.
-- 嘉義市：行政院農業委員會林務局阿里山林業
鐵路及文化資產管理處, 2020.12
50面 ; 21x27公分. -- (繪本 ; 263)
ISBN 978-986-5449-69-8(精裝)
863.599   109018956

繪本 0263

蹦奇蹦奇，跑得快

作者｜王文華　　繪者｜張真輔

出版者｜行政院農業委員會林務局阿里山林業鐵路及文化資產管理處
發行人｜黃妙修
策劃｜周恆凱、林其德、黃玫璇、李慧美
審查委員｜楊茂秀、黃惠玲、盧彥芬、吳漢恩、廖遠橋、賴國華、張坤城、劉建男
地址｜嘉義市文化路 308 號
電話｜（05）277-9843

合作出版｜親子天下股份有限公司
統籌｜游玉雪
編輯總監｜黃雅妮
編輯團隊｜張靖媛、陳翊瑄、林于軒
美術設計｜黃見郎、吳郁嫻
讀者服務專線｜（02）2662-0332　週一～週五：09:00~17:30
傳真｜（02）2662-6048　客服信箱｜bill@cw.com.tw
法律顧問｜台英國際商務法律事務所・羅明通律師
製版印刷｜彩峰造藝印像股份有限公司
總經銷｜大和圖書有限公司 電話：（02）8990-2588
出版日期｜2020 年 12 月第一版第一次印行
　　　　　2021 年 4 月第一版第二次印行
定價｜320 元
書號｜BKKP0263P
ISBN｜978-986-5449-69-8（精裝）
GPN｜1010901958

蹦奇蹦奇，跑得快

文｜王文華　圖｜張真輔

天濛濛亮，陽光照在嘉義車庫園區。
一群小朋友圍繞在蒸汽爺爺旁照相，一旁的蹦奇蹦奇不服氣：
「我是最新型的柴油火車頭，馬力強、速度快，造型也最漂亮！」

「等你跑一百年，你也會有這麼多粉絲。」蒸汽爺爺說。
旁邊的柴油伯伯鳴了聲汽笛，又把小朋友吸引過去。
「今天起，換我來！」蹦奇蹦奇等不及：
「我會是有史以來最厲害的火車頭！」

「阿里山鐵路長又陡，放慢節奏慢慢走！」
蒸汽爺爺提醒。
「獨立山鐵路繞圈圈，你得勇敢向前看！」
柴油伯伯叮嚀。

這些話全被蹦奇蹦奇拋在腦後，他卯足全力向前推。
「快看快看，火車竟然倒著開！」月台上的遊客驚呼。
「我推我推，看我把大家推上山！」
蹦奇蹦奇拉著長長的汽笛聲，在一片歡呼中，推車前進。

奇快奇快，蹦奇蹦奇跑得快，嚇得鷺鶯飛，青蛙跳。
車裡的小朋友興奮的大叫：「再快！再快！」

列車長廣播：

「等一下過了竹崎站，火車開始爬山，
速度就會慢下來。」

蹦奇蹦奇不服氣：

「等會兒爬山，讓你們看看我的厲害！」

嗚嗚嗚——
過了竹崎站，
跑得很快的蹦奇蹦奇，果然慢了一下下，
真的真的，坡度越來越陡；
真的真的，出現大大的馬蹄形彎。

奇快奇……快……奇……
阿里山鐵路越來越陡、越來越奇。

「火車爬得上去嗎？」小朋友問，
「油門加到底，一定能上去……」
蹦奇蹦奇在心裡回答。
他加足馬力，駛過長長的鐵軌，
強風吹，落葉飛！

突然，蹦奇蹦奇鑽進一段長長的隧道。
奇快奇……快……奇……

「怎麼這麼久？」小朋友喊著。
「對啊，這隧道好長。」蹦奇蹦奇想著。

車廂裡，列車長廣播：
「獨立山快到了，猜猜火車繞了幾個圈？」
蹦奇蹦奇心想：「獨立山？誰提過呢？」

蹦奇蹦奇還沒想明白，鐵軌已經開始繞圈圈，
左一圈右一圈，繞完左邊繞右邊，
「不數了！」蹦奇蹦奇用最大馬力，瘋狂的在獨立山裡繞呀繞。

小朋友開心的說：「火車在繞甜甜圈，一圈一圈好好玩。」
鐵軌最後還繞了一個8字大彎，
「怎麼這麼多彎，轉都轉不完？」蹦奇蹦奇只覺得頭好昏。

好不容易，蹦奇蹦奇出了獨立山，
卻往一團霧裡鑽，
奇慢奇慢……奇……慢！
鐵軌兩邊，模模糊糊，
站得高高的是樹神還是巨人？
伸出手來的是猿猴還是妖怪？

嗚——
霧中忽然出現一團黑影，
蹦奇蹦奇跑太急，嘰嘰嘰；
小朋友們嚇哭了，嗚嗚嗚。
天呀！原來是隻大山豬，
唉呀！蹦奇蹦奇嚇得停了，發不動了。

駕駛員拍拍蹦奇蹦奇：
「別怕別怕，林鐵弟兄很快就會來救援。」
老師安慰大家：
「別哭別哭，火車很快就會修理好。」

霧裡模模糊糊，聲音也模模糊糊。
是樹神在說話嗎？
「阿里山鐵路百年歷史，
從前運木下山，現在載旅客遊山，
火車頭代代相傳，林鐵弟兄日日守護……」

嗚——
奇怪奇怪！霧裡怎麼有聲音？
一聲汽笛劃破寧靜，黃色燈光穿破濃霧，
搶修列車現身，車上載來林鐵弟兄。
弟兄們為大家打氣：「放心，有我們，就能搞定。」
搶修列車鼓勵蹦奇蹦奇：「第一次出任務嗎？
別慌！我們一起來幫忙。」

嘿喲嘿喲，敲敲打打，林鐵弟兄比個ＯＫ：
「軌道平整，火車頭也沒問題！」
「出發囉！」駕駛員啟動引擎。
但是，蹦奇蹦奇卻動也不動。

「怎麼回事？」搶修列車問。
「我……我也不知道怎麼了，
霧那麼濃，看起來好可怕！」
蹦奇蹦奇很不好意思的回答。
孩子們拍拍他：「蹦奇蹦奇，你一定可以的！」

蹦奇蹦奇很不安：
「我……我可以嗎？這麼濃的霧氣……」
「再大的霧，有燈啊！」
駕駛員按下遠光燈，燈光穿破濃霧。
前頭的列車長也鼓勵蹦奇蹦奇：
「只要繼續往前開，就會到達下一個美麗的地方。」

奇……慢……奇……
在所有人的打氣下，蹦奇蹦奇鼓足勇氣，繼續往前。
嗚——
蹦奇蹦奇發出長長的汽笛聲，為自己鼓舞，
也向所有的人道謝。

突然，前面的車廂傳來一陣驚呼：「火車要碰山壁了！」
火車碰壁？前方鐵路更陡、更長，蹦奇蹦奇不禁又害怕起來。
列車長俐落的下車切換轉轍器，
堅定的指揮他：「慢慢來，安全第一。」

蹦奇蹦奇先把列車推上去，再把列車往回拉，
全車的孩子都在尖叫：「要碰壁了，要碰壁了！」
就在這樣來回的驚險中，蹦奇蹦奇把大家載上山了。

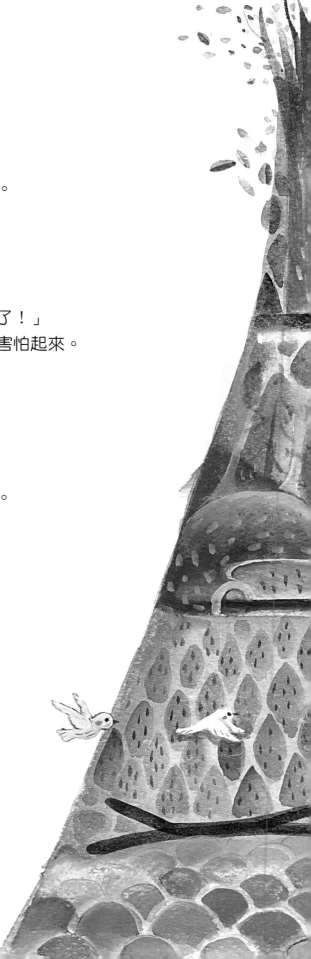

嗶！蹦奇蹦奇鑽出濃霧，爬上山頂。
哇！車裡的孩子張大了眼睛、快樂歡呼：「雲海像在演電影。」
蹦奇蹦奇聽了好高興，
奇快奇快，火車在白雲上，留下長長的身影。

蹦奇蹦奇進站了，另一輛蒸汽爺爺用汽笛歡迎蹦奇蹦奇。
「阿里山鐵路，果然不容易！」蹦奇蹦奇說。
「這是我們的任務與使命。」蒸汽爺爺說：
「你還在為大家服務？」蹦奇蹦奇驚訝的問，
「是啊，我還要帶遊客去看花賞楓呢！」蒸汽爺爺笑瞇了眼。

蹦奇蹦奇用長長的汽笛聲，告別蒸汽爺爺。
「明天再來看你。」蹦奇蹦奇說。
蒸汽爺爺笑了笑：「好，我等你。」

奇慢奇慢，回程心情好像也變浪漫，
蹦奇蹦奇領著列車，緩緩下山。
他在奮起湖站遇見賣便當的小販，
在水社寮站載了遊客，
然後，慢慢繞過獨立山。

夜晚的嘉義車庫園區好熱鬧，
大家恭喜蹦奇蹦奇完成第一次的阿里山鐵路任務，
小朋友搶著跟他合照，快門聲此起彼落。

「我早上太沒禮貌了。」蹦奇蹦奇很不好意思。
「沒關係！」蒸汽爺爺笑著說：
「那些柴油小伙子剛來時，哪個不是整天想比快？」

日曆翻過一張又一張，
蹦奇蹦奇越來越喜歡阿里山鐵路。
他曾在春雨綿綿中上山；
也在片片雪花中下山，
曾穿過被秋天染色的紅楓林；
也鑽進藏在霧裡的檜木林。

阿里山鐵路，天天都不一樣，
但是，蹦奇蹦奇總記得自己的使命：
「讓更多人看見這條百年鐵路的美麗！」

阿里山鐵路大解密

**蹦奇蹦奇完成了第一次的阿里山鐵路任務，
你記得他一路上有經過哪些特別的路段嗎？**

馬蹄形彎

　　馬蹄形彎是全球登山鐵路最常見的工法，為了降低軌道坡度並同時提升海拔高度，鐵路會因地形盤山展線繞 180 度大彎。阿里山較為著名的馬蹄形彎位於 15.9K、竹崎樟腦寮段 17.1K、水社寮、多林、二萬平及祝山線 1.1K 等。當你發現窗外的車廂隨著鐵道彎成 180 度，這就代表你正在行經阿里山的馬蹄形彎路線，火車也經由大彎道，越爬越高囉！

螺旋形路線

　　過了樟腦寮站，就正式進入阿里山的獨立山路線，獨立山迴旋總長約 5 公里，由於山形急峻，因此鐵軌須配合地形，以螺旋形環繞獨立山 3 圈，讓火車爬升上山，最後再以 8 字形離開獨立山。你知道從樟腦寮車站到獨立山車站，海拔相差多少公尺嗎？答案是 200 公尺！火車在 15 分鐘內就可以爬到這麼高，可見阿里山的鐵路工法真的很不容易呢！

之字形折返

　　隨著山勢的提升，山坡腹地越來越小，無法闢建馬蹄形和螺旋形路線，該怎麼辦？為了讓火車能順利安全爬山，在屏遮那站後設計了之字形路線，當你聽到有人大喊「碰壁囉！」，千萬別擔心，你會看見列車長俐落的下車切換轉轍器，讓火車折返，在分道處轉換行進方向，就在一進一退之間，火車緩緩且安全的往高處邁進。

小挑戰

跟著箭頭的方向走，看看蹦奇蹦奇是怎麼繞出獨立山的吧！也別忘了找找看離開獨立山前的 8 字大彎。

錘柄式轉轍器
（舊式）

標誌式轉轍器
（新式）

轉轍器是列車遇到道岔時的轉換裝置，需透過手動切換轉轍器來變更軌道的行進方向。過去使用的是錘柄式轉轍器，近年陸續改裝為標誌式轉轍器，現在這兩種轉轍器都可以在嘉義車庫園區裡看到，有機會的話不妨親自來找找看吧！

會爬山的火車，怎麼做到的？

上山時，火車頭在車廂後方推動列車上山。

下山時，火車頭在車廂前方牽引列車下山。

阿里山有豐富的林產資源，是臺灣三大林場之一，阿里山鐵路從日治時期就開始闢建。阿里山鐵路除了工法精細，火車也具備了特殊的機械設計，在早期蒸汽火車的時代，是採用美國 LIMA 公司出產的 SHAY 型火車頭，直立式汽缸和傘形齒輪是它的特殊標誌。為適應爬坡的特性，直立式汽缸的活塞以垂直的方向運作，帶動曲柄轉動滾軸，搭配傘形齒輪帶動車輪轉動，相較其他車型，能克服急轉陡坡及小的轉彎半徑。雖然後來因應機車柴油化，柴油車成為主力，蒸汽火車較少行駛，但偶爾還是能看到百年的 SL-25、SL-31 蒸汽火車出動哦！隨著阿里山鐵路的觀光化，開始推出阿里山號空調客車，能夠藉由柴油機車的發電機提供空調列車所需的電源，甚至出現聯控列車，從前端客車駕駛室就能搖控車尾火車頭呢！

阿里山火車為什麼倒著開？

還記得故事一開始，蹦奇蹦奇是在車廂後面用推的方式把乘客推上山，跟一般火車行駛方式不太一樣，這是為什麼呢？因為上山時，考量到列車的連結器長期處於張力狀態，容易斷裂，所以火車頭須改以「推力」推動列車上山；下山時，火車頭則改「牽引」的方式拉動列車下山。

猜猜看，列車長手上拿的是什麼呢？

答案是「通券」，是火車的通行證，也是站務員的好幫手。為了讓列車間保持安全距離，避免相撞，列車在進出車站時，需與站務人員交換通券才可以繼續往前開喔！

阿里山鐵路有多厲害？

　　臺灣的阿里山林業鐵路跟國際上已登錄世界遺產的鐵道相比，不論是坡度、長度、海拔高度等都毫不遜色！阿里山林業鐵路也跟許多鐵道大國，像是：日本、印度、瑞士、英國、斯洛伐克等國家締結姊妹鐵道，且在 2019 年正式成為臺灣第一個國家級的重要文化景觀。阿里山林業鐵路的獨特文化與生態之美，需要我們共同珍惜、守護，才能讓更多人有機會認識這條了不起的鐵路。

鐵路名稱	180度大彎	迴圈形與螺旋形路線	之字形折返路線	特殊設計的登山火車	齒軌式鐵路	軌距(mm)	通車年	主線長度(km)	海拔最高點	海拔最低點	最大坡度
臺灣阿里山林業鐵路 Alishan Forest Railway	V	V	V	V		762	1912	71.9	2451m 祝山站	30m 嘉義站	6.25%
奧地利薩瑪林山岳鐵道 Semmeringbahn 1998 年登錄世界遺產	V					1435	1854	41.8	898m Semmering Tunnel	495m Gloggnitz	2.5%
瑞士阿布拉線 Albula bahn 2008 年登錄世界遺產	V	V				1000	1903	67	1820m Albula Tunnel	604m Reichnau- Tamins	3.5%
瑞士至義大利伯連那線 Bernina bahn 2008 年登錄世界遺產	V	V				1000	1910	60.7	2253m Bernina Ospizio	429m Tirano	7%
印度大吉嶺喜馬拉雅鐵道 Darjeeling Himalayan Railway 1999 年登錄世界遺產	V	V	V	V		610	1881	86	2257.6m Ghum	113.8m New Jalpaiguri	5.55%
印度寇卡西姆拉鐵道 Kalka Shimla Railway 2008 年登錄世界遺產	V					762	1903	96.54	2076m Shimla	656m Kalka	3%
印度尼吉里登山鐵道 Nigiri Mountain Railway 2005 年登錄世界遺產	V			V	V	1000	1908	46	2345.1m Levedale	325.8m Mettupala- yam	8.33%

資料來源：《阿里山森林鐵路百年紀實》蘇昭旭著

阿里山鐵路小百科：為什麼火車需要撒砂？

　　你知道嗎？會爬山的火車，除了靠特殊設計的登山鐵路和火車頭外，遇到坡度較陡的路段或路滑時，會在鐵軌上撒止滑砂來增加軌道的摩擦力，讓火車能安全前進。

　　想要了解更多阿里山林業鐵路的資訊，歡迎到「阿里山林業鐵路及文化資產管理處」的網站上看看喔！

一起認識阿里山林業鐵路

　　阿里山林業鐵路分成平地及登山兩種路段。從嘉義到竹崎長約 14.2 公里，是地勢平坦的平地線，而從竹崎到阿里山則是地勢急陡的登山線。還記得故事中列車長廣播：「等一下過了竹崎站，火車開始爬山，速度就會慢下來。」這邊指的就是火車即將要行駛到阿里山鐵路的登山線路段囉！

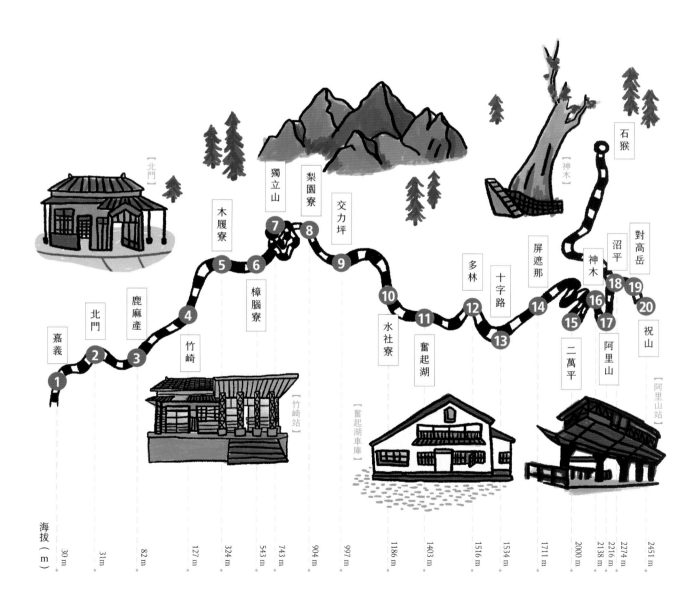

海拔（m）

30 m　31 m　82 m　127 m　324 m　543 m　743 m　904 m　997 m　1186 m　1403 m　1516 m　1534 m　1711 m　2000 m　2138 m　2216 m　2274 m　2451 m

世代共同的記憶 帶著百年鐵道登上世界舞台

你有沒有搭過「阿里山小火車」呢？這條國寶級的高山鐵路在 110 年前鋪設，從早期運送木材、貨物，到後來的觀光鐵道，阿里山鐵路串連歷史與文化的發展，成為我們共同的記憶。

阿里山小火車從海拔 30 公尺一路攀升到 2,000 公尺以上，沿途景觀自熱帶林、暖帶林延伸至溫帶林，72 公里區間，有豐富多元的自然生態與人文景觀。而受到地形影響，阿里山鐵路彎道小、隧道多，還有許多特殊的鐵路技術，像是螺旋形、馬蹄形彎及之字形分道等，這些都是阿里山鐵路與眾不同的地方，和國際上被列入世界遺產的鐵道相比也毫不遜色！而阿里山鐵路也和許多鐵路大國，像是日本、印度、瑞士、英國及斯洛伐克等締結姐妹鐵道，在鐵道技術、營運以及行銷推廣上交流分享，在國際上有著知名度及獨特文化資產地位。

這份傳承百年的寶藏需要你我共同守護，讓世世代代的孩子們都能夠認識這份屬於臺灣的美麗。

林務局 局長　林華慶

出發吧！與阿里山小火車一起旅行

蘊藏豐沛資源的阿里山像是慈愛的母親，而阿里山林業鐵路則像是連繫母親與孩子的臍帶，為沿途鄉鎮帶來繁榮，也孕育多元藝術與文化，滋養嘉義市成為全國唯一的木都、畫都。

2018 年阿里山林業鐵路及文化資產管理處在眾所期盼下成立，是臺灣第一個鐵路文化資產保存專責機構。《蹦奇蹦奇，跑得快》是林鐵及文資處出版的首部繪本，期待大小朋友透過作家王文華的生動文字與繪者張真輔的細膩插畫，跟著主角蹦奇蹦奇一起奔馳山林，穿越百年鐵道，從而激發對阿里山鐵路的好奇與想像，也讓百年以來，每位林鐵人用心守護的美好與精神，在字裡行間代代相承。

阿里山林業鐵路及文化資產管理處 處長　黃妙修

跟著奇想文字與圖像 認識阿里山獨有魅力

這是一本充滿聲音趣味和圖像巧思的繪本。主角名字「蹦奇蹦奇」和他行駛時「奇快奇快」的聲響，讓整本繪本充滿悅耳的聲音和速度感。故事藉著首次上路的小火車在任務沿途的各樣經歷，巧妙介紹了阿里山鐵道的獨特魅力。繪本中元素豐富，層次細緻堆疊的畫面，讓整本書在圖文搭配上更添視覺的厚實和閱讀流暢性。如同書中蹦奇蹦奇的使命，這本繪本的創作也讓我們看到阿里山百年鐵路無可替代的魅力。

親子天下兒童閱讀研究院院長　張淑瓊

我與阿里山的美好約定─再訪阿里山之緣

讀書時，帶女朋友坐阿里山小火車，那時窮，只能買到奮起湖，跟她說：「下回再上阿里山。」呆呆的女朋友不知道我窮，竟然答應了。那是我第一次搭小火車，很甜蜜很刺激，甜蜜是正在戀愛，刺激是我有錢買上山的車票，沒錢買回程票。後來，我們在暮色中，攔卡車，走阿里山公路浪漫回城。為了寫這本繪本，我帶著老婆（女朋友變成太太）再次來搭小火車，可惜，這回火車一樣只到奮起湖，這是我和阿里山鐵路的緣份，它彷彿還在跟我相約，下回再來玩。

暢銷兒童文學作家　王文華

跟著蹦奇蹦奇，從「心」看見阿里山

為了創作這本繪本，我數訪阿里山，每回都帶給我不同的感受與發現，不論是鐵路、山嵐、火車的汽笛聲，都成為我創作這本繪本的靈感來源。在創作的過程中，覺得自己就像是跟著故事中的主角─蹦奇蹦奇，一起重新認識阿里山林業鐵路，也更能體會這條百年鐵路獨一無二之處。希望正在閱讀這本繪本的大小朋友，不僅能從繪畫中感受到阿里山的獨特，有機會的話不妨親自走一趟阿里山，跟著蹦奇蹦奇、蒸汽爺爺、柴油伯伯一起從「心」體會阿里山之美。

小村畫家　張真輔

獨一無二的阿里山小火車

身為一個在阿里山服務三十多年的教育工作者，每每在校園中，聽到森林迴盪的火車汽笛聲，腦海隨即浮現列車穿梭在林間的身影。沒錯，每個人一生中，總要來到阿里山一次以上，來阿里山感受山林之美，搭乘小火車，體驗阿里山林鐵的魅力，從觀日出的祝山線，到沼平、神木的區間列車，還有主線的迴旋登山、馬蹄形大彎、之字形火車碰壁，還有季節限定的蒸汽火車，透過繪本生動有趣的蹦奇蹦奇角色，下次來到阿里山，你也可以親身感受。

「漫步在雲端的阿里山」生態攝影達人／香林國小退休教師　黃源明

傳承阿里山鐵路風情與精神

早期為了運送木材而生的阿里山鐵路，奠定了發展嘉義及鐵軌沿線聚落的繁榮發展，也讓地方與鐵路密不可分。隨著時間遷移，生活重心從鐵路漸漸離開到了公路，有了更便利的交通。慢慢地，鐵路遠離了我們的生活，在運輸量下降後彷彿也失去光環，同時承受著各式災害，因而浮現存廢的聲音。它不只是一項普通的運輸工具，背後更蘊含著它獨有的工法、特色以及文化，正好林鐵及文資處誕生了這一難得的繪本，讓阿里山鐵路風情及鐵道登山工法知識躍然紙上，期待文化的精神能向下扎根傳承。

在地文史工作者　賴國華
（深海魚）